ESSAI

SUR

L'UNION DE LA POESIE

ET

DE LA MUSIQUE.

A LA HAYE;

Et se trouve à Paris;

Chez MERLIN, Libraire, au bas de la rue de la Harpe.

M. DCC. LXV.

AVERTISSEMENT.

CET Ecrit est le résultat de quelques conversations qui m'ont fourni l'occasion de discuter & d'étendre les idées que je m'étois formées sur l'union de la Poësie & de la Musique; idées que je devois en grande partie à l'habitude de la Poësie & de la Musique Italienne. J'ai remarqué que même parmi les hommes les plus occupés de cet objet, il se trouvoit que les Musiciens ne connoissoient pas assez la Poësie; que les Poëtes ne sçavoient pas assez la Musique & que les uns & les autres n'étoient pas suffisamment versés dans Langue Italienne. Il m'a paru qu'en rassemblant les lumieres que chacun pouvoit me donner dans la partie qui lui étoit propre, je pourrois présenter mes opinions sous un point de vue assez clair pour rapprocher les avis différens. On m'a excité à remplir cette tâche; on a voulu que je misse mes idées par écrit, & ceux à qui ce travail a été destiné ont jugé qu'il seroit bon de le rendre public. Je me soumets à leur opinion & je souhaite de bon cœur qu'il puisse servir à perfectionner un genre de plaisir auquel je suis plus sensible que personne. Comme cet Ouvrage n'est destiné qu'aux véritables Amateurs, j'espére du moins qu'ils me ſçauront gré d'avoir plus préſumé de leurs lumieres que des miennes ; & de n'avoir pas cherché à étendre des raiſonnemens qu'ils ſaiſiront bientôt s'ils ſont auſſi juſtes que je le penſe. Quelques principes, quelques réflexions, quelques exemples ſuffiſent à ceux qui veulent examiner, & cet Ecrit n'a aucun droit ſur ceux qui ne liſent que par curioſité ou par déſœuvrement. Quelque envie que j'aie eu d'être court, je n'ai pu m'empêcher de m'arrêter de tems à autre à quelques conſidérations ſur la Muſique des Anciens : mais on ſentira aiſément que ces obſervations ſont liées à mon ſujet, & que je n'ai pu donner tant d'attention à la Musique *périodique* ſans en fixer la naiſſance & ſans en montrer les progrès.

ESSAI
SUR
L'UNION DE LA POESIE ET DE LA MUSIQUE.

LORSQUE les hommes, rassemblés par leur foiblesse & leurs besoins, eurent abandonné les campagnes pour se réunir dans de vastes Cités, il semble qu'une providence bienfaisante leur fit présent des Arts pour leur tenir lieu de la nature dont ils s'étoient éloignés. Tout changea de forme sous la main de l'Industrie; il fallut que nos plaisirs devinssent aussi notre ouvrage. La Peinture rappella dans le sein des palais, les fleuves, les plaines & les montagnes; tandis que la Poësie embrassant un champ bien plus vaste encore, entreprit de représenter les tems & les lieux, le mouvement & le repos, les objets & les passions, les hommes & les mœurs. Soit que celle-ci ait donné naissance à la Musique, soit qu'elle lui doive son existence, soit enfin que ces deux rivales soient nées en même-tems, nous conviendrons du moins que c'est à leur union que nous devons les plus délicieuses sensations. Pourquoi donc avons-nous si long-tems négligé cette source de plaisir ? Pourquoi par une prédilection injuste & tyranique avons-nous rendu la Musique esclave de la Poësie ? Qui croiroit que les Grecs, que ce peuple si délicat & si sensible eût pu l'obliger à se traîner servilement sur les pas du mètre ? Que d'obstacles n'a-t-elle pas éprouvés lorsqu'elle a voulu se délivrer de ses entraves ? Un joueur de flûte, un joueur de lyre prétendoit-il composer des airs uniquement destinés à ces instruments, on reclamoit contre lui l'autorité des Loix, la constitution du gouvernement, la Religion même. Mais il en est des Arts agréables comme des vérités utiles. C'est en vain qu'on s'oppose à leurs progrès; on peut le retarder, mais jamais l'empêcher. La Musique instrumentale parvint à se séparer du chant. (1) Plus libre dans son objet & dans ses moyens elle acquit de nouvelles forces & rendit ensuite à la voix les ornemens qu'elle avoit empruntés des instrumens.

---

(1) »...... Lorsque dans les jeux que les » habitans de Delphes instituerent après la guerre » de Crissée, les Amphictions joignirent aux com» bats des Citharedes, c'est-à-dire, des Poëtes » qui chantoient en s'accompagnant avec la ci» thare, celui des Citharites & des Flûteurs, » ou de ceux qui sans chanter jouoient simple» ment de la cithare ou de la flûte. Les choses » changerent entierement de face. Privés du » moyen puissant de la parole, mais en même» tems affranchis des loix que leur prescrivoient » le rythme & l'accent de la langue, ces Musiciens » augmenterent considérablement le nombre des » cordes de la cithare & des sons de la flûte. Ils

Le chant cessa de n'être qu'une déclamation un peu plus ressentie & plus exagérée, il admit les modulations, les prolations (2) reléguées jusques-là parmi les joueurs d'instrumens : enfin la

---

» introduisirent des mouvemens plus composés, » des formes plus variées, des intervalles nou- » veaux, & des modulations jusqu'alors inusi- » tées «.

Dissertation sur les accens de la Langue Grecque, lue publiquement à l'Académie des Belles-Lettres, par M. l'Abbé Arnaud, Membre de cette Académie. Voyez aussi à ce sujet le Dialogue de Plutarque sur la Musique, rapporté par M. Burette. Mémoire de l'Académie des Inscriptions, Tom. VIII.

(2) M. l'Abbé Arnaud est le premier qui ait observé que les prolations ou diminutions, ou roulades, comme nous les appellons vulgairement, sont très-bien désignées dans un passage de Démétrius de Phalere, où cet Auteur, après avoir dit que le concours des voyelles fait souvent un très-bon effet dans le discours, compare cet effet à celui des morceaux de chant où plusieurs notes sont adaptées à une seule syllabe longue. καὶ ἐν ᾠδαῖς δὲ τὰ μελίσματα ἐπὶ τοῦ ἑνὸς γίνεται τοῦ αὐτοῦ

Musique parut faire deux pas, puis elle s'arrêta tout court. Je ne parle pas ici

---

μακρῦ γράμματος, οἷον ᾠδῶν ἐπεμβαλλομένων ᾠδαῖς. *Et in cantilenis utique melismata ab unâ fiunt eâdem longâ litterâ tanquam cantilenis adplicatis cantilenis.* On pourroit observer ici que tout ce passage de Démétrius sert à expliquer la bizarerie des régles sur les *hiatus*, tant dans les langues anciennes que dans les langues modernes. Ces différences, ces exceptions dans l'usage qu'on faisoit du concours des voyelles ne venoient-elles pas de l'accent ? Plusieurs voyelles de suite frappées d'accens différens ne produiront pas un effet désagréable, tandis que leur rencontre choquera l'oreille si elles sont prononcées sur le même ton. C'est ainsi que dans la Musique moderne les prolations qui se font sur la même voyelle n'ont point la même dureté que les tenues syncopées. Si les Poëtes Grecs croyoient embellir leur langue en substituant ἀελιοιο à ἀελιου, ἠέλιος à ἥλιος, ne regardons-nous pas les mots *cloé*, *aglaé* comme très-agréables à l'oreille ? Enfin ne pourroit-on pas trouver dans l'intonation de nos voyelles les véritables raisons d'admettre ou de rejetter leur rencontre ?

de l'harmonie (3) que les modernes ont perfectionnée, mais dont les Anciens avoient déjà trouvé quelques éléments. Je parle du charme de la mélodie, de ce chant périodique & proportionnel, de cette union du rithme, & de l'accent qui distingue ce qu'on appelle *air*, de ce qu'on nomme *déclamation*. De même que la science de la perspective & du clair obscur a été le dernier pas vers la perfection de la Peinture, de même la découverte de la phrase musicale,

---

(3) *Harmonie* est pris ici dans le sens que lui donnent les Modernes. ἁρμονια ne vouloit pas dire autre chose en grec que μελις ou μελοδια. On ne sçait pourquoi ce mot a été substitué à celui de *symphonie*, qui répond parfaitement à l'idée que nous nous formons de l'harmonie. M. Barette a fait un Mémoire par lequel il prouve d'une maniere assez satisfaisante, que les Anciens n'ont point connu le contrepoint, quoiqu'ils fissent usage de quelques accords. Voyez Tom. IV. V. & VIII. des Mémoires de l'Académie des Inscriptions.

de son ensemble, de ses proportions & de ses détails, nous paroit-elle être le *maximum*, & le dernier effort de l'Art des Musiciens. C'est une chose digne de remarque qu'un peuple tel que les Grecs, si amoureux des paroles, & tellement enthousiaste de l'éloquence, que son ame paroissoit résider toute entiere dans ses oreilles, n'ait pas imaginé d'appliquer à la Musique les loix séveres qu'il avoit imposées à la simple diction. Lorsque Démosthène, montrant aux Athéniens l'orage qui les menaçoit, étoit prêt de les décider à prendre les armes contre l'ambitieux Philippe, s'il eut, malheureusement pour lui, manqué d'assortir les membres de sa Période (4), s'il eut ou-

(4) Je ne connois rien de si difficile que de définir d'une maniere bien exacte ce que c'est que la Période. Il paroît que les Auteurs qui se sont contentés de dire que c'est une partie du discours qui renferme un sens complet, l'ont confondue avec la phrase. Aristote & tous les Rhéteurs qui l'ont suivi, en ont plutôt expliqué les for-

bli é d'opposer des longues à des longues, des spondées à des spondées, des dactyles à des dactyles, s'il eût négligé de la conclure par une quantité de mots pro-

---

mes par des préceptes & des exemples qu'ils n'en ont défini l'essence. Démétrius de Phalere est celui de tous qui a le plus approfondi cette matiere. Je doute cependant qu'on se contente de sa définition. *La Période*, dit-il, *est un assemblage de membres distincts ou de phrases coupées qui doivent concourir & être assortis à un sens principal.* ἔστι γὰρ περίοδος, σύστημα ἐκ κώλων ἢ κομμάτων εὐκαταστρόφως πρὸς τὴν διάνοιαν τὴν ὑποκειμένην ἀπηρτισμένον.

La définition d'Aristote, telle que la rapporte le méme Auteur, ne paroît pas plus claire. C'est, selon lui, *un discours qui ayant un commencement fixe, se termine d'une maniere élégante & agréable.* ἐστι λέξις ἀρχὴν ἔχουσα καὶ τελευτὴν μάλα καλῶς καὶ πρεπόντως ὡρισμένως.

Il me semble que la Période doit être considérée comme une partie du discours où plusieurs idées accessoires entrent dans l'idée principale qui en est l'objet. Or cette nécessité d'envisager plusieurs idées à la fois ou plusieurs attributs d'un même sujet, exigeant de l'esprit un certain

portionnels à son début & à sa marche, tout étoit perdu; les artisans d'Athenes

---

degré d'application, il a été nécessaire que l'ordre & la proportion des mots, la correspondance des membres ou des phrases incidentes aidât l'intelligence, & lui présentât un systême dans lequel elle pût arranger ses perceptions. C'est donc, pour ainsi dire, au détour que fait l'esprit pour envisager les idées accessoires, qu'est dû le nom de Période, de *circuitus*, d'*ambitus*, & à la nécessité d'aider l'esprit & la mémoire que cette période doit son rythme & ses proportions. De-là vient encore l'obligation où l'on est de suspendre l'attention de l'auditeur; car l'esprit ne considérant dans le cours de la Période que des idées accessoires, on sent que dès qu'il tomberoit sur le sens principal, il s'arrêteroit tout court & ne pourroit plus revenir sur les détails.

Denis d'Halicarnasse remarque très finement que dans l'arrangement de la Période on doit suivre un ordre tout opposé à celui qu'on observe dans l'arrangement des mots, puisqu'on doit faire ensorte que ceux-ci soient liés entre-eux & se succédent rapidement, au lieu qu'on doit apporter le plus grand soin à séparer & à distinguer les membres de la Période.

eussent interrompu par des huées, & la République restoit sans délibération. Il semble qu'avec des idées si fines sur le nombre, sur l'harmonie du stile, il ne falloit pas un grand effort pour en faire l'application à la Musique. Ne seroit-on pas tenté d'avancer ce Paradoxe, que plus la langue d'un peuple a été musicale, moins il doit avoir fait de progrès dans la Musique? en effet plus il aura été doué de cette sensibilité d'organe, de cette appréciation fine des inflexions, de cette connoissance profonde de la prosodie qui caractérisoit les Grecs, plus il aura été disposé à soumettre la Musique à la déclamation, & moins il aura senti le besoin d'un plaisir dont il avoit déjà l'équivalent. Quoiqu'il en soit, il paroît certain que les Anciens n'ont point connu le chant périodique & motivé que nous appellons *air*. Je sais que jusques ici on ne s'est point trop accordé sur le caractere de leur Musique; mais d'un côté nous ne trouvons aucune autorité qui nous indique le contraire, & de l'autre les observations qu'ils nous ont transmises, la forme de leurs chœurs, de leurs odes, de leurs dythirambes &c, démontrent suffisamment qu'ils ne s'astraignoient point à des chants suivis & périodiques (5). Sans nous jetter ici dans

(5) Il ne faut que jetter les yeux sur les Poësies des Grecs pour voir que ni les Chœurs des Tragédies, ni même leurs Odes ne pouvoient comporter une Musique périodique. Ce n'est pas qu'on ne trouve une ressemblance parfaite dans le mètre de la strophe & de l'anti-strophe, mais cette ressemblance n'est que dans le mètre & n'existe nullement dans les discours dont les phrases & les repos varient infiniment. Quant aux Odes, il n'y a gueres que celles de Sapho qui puissent être chantées sur le même air. On sçait que celles de Pindare & d'Anacreon sont bien éloignées de la forme des stances, la seule qui puisse s'adapter à un motif constant. Enfin Denis d'Halicarnasse dit lui-même que les Poëtes lyriques ne doivent s'assujettir à aucune régle, à aucun ordre périodique, mais se livrer absolument à leur caprice & à leur imagination.

une discussion inutile sur les progrès de la Musique moderne, nous pouvons en

---

Puisque nous avons eu occasion d'exposer notre opinion sur la Musique des Grecs, nous ne devons pas nous dissimuler l'argument le plus fort qu'on ait fait en sa faveur. C'est celui qu'on tire des effets puissans que l'histoire lui attribue, & qu'on ne sçauroit révoquer en doute. Nous répondrons avec M. Burette, que plus les peuples sont grossiers, comme l'étoient les premiers Grecs, plus la Musique fait d'effet sur eux. Car ce n'est pas en raison de sa perfection qu'elle agit, c'est en proportion des organes qu'elle modifie. Or il est d'expérience que ce qui fait plus de plaisir aux paysans & aux sauvages, c'est le rythme. En effet, les tambourins, les sauteuses &c. ont bien plus de rythme que de mélodie. On sçait que les chants de guerre des Sauvages n'ont presque point d'inflexions & ne font sentir que le rythme. Il n'en faut cependant pas davantage pour faire précipiter un Iroquois dans le danger, ou pour faire danser un Paysan jusqu'à ce qu'il tombe de lassitude. Les animaux eux-mêmes sont sensibles au rythme. Telles sont les raisons qui se sont présentées à M. Burette, & à tous ceux qui ont examiné cette matiere

juger par celle des théâtres. Ce ne fut que vers la fin du seizieme siécle que les Ita-

---

sans prévention. Mais il en est une qui paroît leur être échappée : c'est que rien n'étoit plus propre à augmenter les effets de la Musique que les régles austéres auxquelles on l'avoit soumise. Cet art sçut tirer de nouvelles forces de ce qui faisoit le plus d'obstacle à ses progrès. En effet, chaque genre avoit ses modes annexés, dont il ne lui étoit pas permis de s'écarter. Celui-là servoit pour les sacrifices, celui-ci pour les jeux, tel autre pour les funérailles, tel autre pour la guerre, sans que jamais il pût être employé à autre chose, de maniere que les mêmes modes réveilloient toujours les mêmes idées. Il n'étoit donc pas étonnant que le passage d'un mode à un autre opérât le plus grand changement dans les ames des auditeurs. Figurez-vous un peuple qui ait de la sensibilité & de l'oreille ; supposez que ce peuple n'ait jamais employé le ton de *la b mol* que dans les cérémonies religieuses ; supposez encore que le *c sol ut* naturel soit uniquement consacré à la Musique militaire, s'il arrivoit qu'au milieu d'un tumulte, d'habiles Musiciens commençassent à jouer en *la b mol*, ne croyez-vous pas que tous les esprits

liens commencérent à adapter la Musique à leurs représentations théatrales.

---

seroient saisis de respect & de piété. Mais si tandis qu'on seroit occupé d'une cérémonie religieuse on venoit à faire entendre le *c sol ut* naturel, doutez-vous que ce peuple ne voulût sur le champ courir aux armes? Voilà pourtant l'équivalent des histoires rapportées de Therpandre & de Timothée. M. d'Alembert a très judicieusement observé une chose qui vient à l'appui de notre opinion : c'est que lorsque la Musique Italienne a commencé à être connue en France, nous étions si peu accoutumés au rythme ou à la mesure que nous ne voulions pas croire qu'il fût possible de chanter du pathétique sur un mouvement vif & ressenti. C'est ce préjugé d'habitude qui faisoit regarder commé trop gai le second morceau du *Stabat* de Pergoleze, & nombre d'autres Airs Italiens que nous trouvons maintenant très expressifs. Les François accoutumés à ne trouver de la mesure que dans la Musique gaie, prenoient pour de la Musique dansante tout ce qui étoit mesuré. Tant est puissante la force de l'habitude dans quelque genre que ce soit. *Voyez Mélanges de Littérature, sur la liberté de la Musique.* On y trouve aussi des

(6) On vit alors des tragédies & des pastorales chantées d'un bout à l'autre: mais ce chant ne fut encore qu'une simple déclamation, qu'un récitatif plus ou moins orné. La Musique vague & incertaine dans sa marche, ressembloit à l'élocution oratoire des Grecs avant qu'elle fut devenue périodique. Elle resta encore long-tems dans l'enfance ou dans l'esclavage. Lorsque Lulli vint en France, il nous apporta toutes les richesses de son Art, & il ne fit qu'accommoder à notre langue les procédés que les Musiciens suivoient encore en Italie. Mais la Musique, étrangere en France, y fit peu de

---

choses très fines sur le récitatif François & Italien.

(6) *Voyez le Journal Etranger volume de Mai 1762. Observations sur le Théatre Italien.* On ne peut trop inviter à lire les 33 volumes que M. l'Abbé Arnaud en a donnés. On y trouvera partout les idées les plus ingénieuses & la doctrine la plus sçavante, particulierement sur ce qui concerne les Beaux-Arts & l'Antiquité.

progrès. Reléguée sur le théatre, ses puissants effets furent toujours confondus avec ceux d'un spectacle pompeux, plus fait pour exciter la curiosité que pour satisfaire le goût. Il n'en étoit pas de même en Italie. Tandis que les Seigneurs de la Cour de Louis XIV se contentoient de répéter quelques lambeaux d'Opéra, qu'ils avoient retenus à force de les entendre, le peuple Italien, avide des plaisirs & amoureux des Arts, passoit les jours & les nuits à exercer ses doigts sur la Guittare & sur le Violon. Ce fut alors que les véritables amateurs commencérent à être initiés, & qu'à force de sacrifier à leur Idole, ils parvinrent à en obtenir des oracles. Ils sentirent que ces préludes, ces points-d'orgue, ces jeux d'une main qui erre sur l'instrument, ne produisoient point d'effet, & ne laissoient rien dans la tête. Ils s'apperçurent qu'ils ne pouvoient trouver du chant qu'en s'attachant à une idée simple & unique, qu'en donnant à l'expression de cette idée des formes & des proportions. Ces observations les conduisirent bientôt à trouver la période musicale. Un menuet, une gigue, une gavotte, eut ses mesures définies ; les airs furent phrasés, & les phrases de chant eurent leurs éléments réguliers & proportionnels. Un air, quelque modulé & varié qu'il fût, dut toujours reposer sur une idée simple, sur un sujet principal qui fut appellé le motif, *il motivo.* Ce motif fut regardé, pour ainsi-dire, comme le squelette de l'air sur lequel les chairs & les draperies durent être dessinées : & de même que dans un tableau le nud doit toujours être dessiné sous les draperies, de même le motif d'un air doit toujours se retrouver sous les variations & les nuances dont il est orné. Ces idées qui n'avoient point échappé aux amateurs de la Musique instrumentale, & que Lulli avoit suivies lui-même dans ses airs de danse, ne tardérent pas à être mises dans tout leur jour, dans les sonates, les symphonies & les ouvertures que les Italiens composérent (7).

(7) Quoique nos Airs François, tels que les Menuets, les Gigues, &c. soient phrasés comme ceux des Italiens, il ne faut pas croire qu'ils soient aussi périodiques. En effet, il ne suffit pas qu'un Air soit composé d'un certain nombre de mesures, & assujetti à commencer, soit en frappant, soit en levant; il faut pour que la phrase du chant soit périodique, qu'il y regne une certaine unité, une proportion dans les membres qui la composent, une rondeur dans le chant qui suspende l'attention & la soutienne jusqu'à la fin. La plûpart de nos Airs anciens ressemblent à des séries de notes enfilées qui n'ont ni principe, ni objet: voyez entr'autres les ouvertures des Opéra de Lulli. Voyez même quelques Airs de Rameau. Comparez, par exemple, le Menuet de *Dardanus* avec celui de *Geminiani;* que d'égarement & d'inconséquence dans le premier? quelle rondeur, quelle proportion dans l'autre? C'est la différence de la Poësie à la Prose. Les membres des périodes, dit Démétrius de Phalere, ressemblent aux voutes qui soutiennent les toits des édifices, tandis que les phrases du discours négligé ressemblent à des pierres éparses çà & là.

Leurs oreilles n'eurent pas plus de peine à s'accoutumer à la Musique périodique que les Grecs n'en avoient éprouvé à adopter l'élocution périodique. Mais quand il fallut retourner à la Musique vocale, & qu'on voulut que la voix profitât des découvertes que les instruments avoient faites, on fut bien étonné de voir que la diffusion des idées, l'inégalité des mètres, enfin la marche du Drame ordinaire se refusoient totalement à ces essais. On reconnut donc qu'il étoit nécessaire que le Poëte s'entendît avec le Musicien; on sentit que pour obtenir une phrase, une période musicale, il falloit préparer une phrase, une période poëtique : on conclut que puisque le chant ou le motif portoit toujours sur une idée simple, il falloit que les paroles ne continssent aussi qu'une idée simple. On convint encore que la période musicale étant simétrique & proportionnelle, il falloit que le mètre des vers fût égal ou simétrique. On changea donc la forme des *melo-drames*, on fit des paroles pour ce que les Italiens appellent *Arie*. On en fit de même pour les duos, trios, &c. Enfin le célébre Métastasio mit la derniere pierre à l'édifice, & sut réunir à toutes les puissances de la Tragédie tous les charmes de la Poësie lyrique. D'après cette vue générale il est aisé de connoître l'état où se trouve la Musique en Italie & en France ; d'apprécier le chemin que nous avons fait, & celui qui nous reste à faire ; ce que nous avons appris, & ce qui nous manque encore. Mon dessein n'est pas de me jetter ici dans ces querelles rebattues, où l'enthousiasme aveugle est combattu par l'humeur & la pédanterie. Je prétens seulement faire part au public de quelques observations dont les amateurs de la Musique moderne profiteront plus que personne. Je prétens faire voir à ceux qui font le mieux, qu'ils pourroient faire mieux encore ; & j'espére qu'on ne me saura pas mauvais gré de chercher à rendre plus délicat un plaisir dont nous sommes devenus idolâtres. Mon objet est de rendre les Poëtes Musiciens, & les Musiciens Poëtes. Je voudrois surtout engager les premiers à ne jamais perdre de vue la Musique qui les attend, à sacrifier l'esprit au sentiment, & les moyens à l'effet. Nos paroles en général ne se prêtent pas à la Musique faute d'unité & de simplicité dans le sentiment & les expressions, & faute d'égalité & d'identité dans le mètre : entrons dans quelque détail sur ces deux objets.

On ne peut nier que la Musique ne soit l'objet principal dans un Opéra. Non-seulement elle doit briller dans les chœurs & les danses dont ces drames sont ornés, mais elle est encore destinée à exprimer toutes les passions & tous les sentimens que le Poëte a développés. Or il me semble que pour y parvenir elle a trois procédés différents : le récitatif ordinaire ou la simple déclamation ; le récit obligé ou la déclamation secourue de toutes les puissances de la symphonie ; & enfin l'air ou le chant périodique & suivi. Dans le récitatif ordinaire le Musicien ne doit point s'occuper à charmer l'oreille par les sons qu'il lui fait entendre. *Non est hîc locus.* 1°. Il n'a point de rhytme ou de mesure constante. 2°. Il ne doit pas se servir de l'accompagnement, qui dans un dialogue naturel & rapide, empêcheroit d'entendre les paroles. 3°. Il ne peut s'attacher à faire briller les sons de la voix sans fatiguer l'acteur, & sans ôter de la vérité à la déclamation, qui dès lors deviendroit difficile, longue & traînante. Quel est donc le principe sur lequel il doit se conduire ? Le voici. Il faut qu'il se dise à lui-même, » la Musique est » devenue pour moi une langue, un idio» me que je dois toujours employer. Si » j'étois dans un Pays où je ne pusse m'ex» pliquer qu'en latin, je ne serois pas » obligé de me servir toujours de la » Poësie de *Virgile*, ni de la Prose de

» *Ciceron.* De même en composant mes » scenes, je dois me servir de la Mu- » sique, non pas comme d'un prestige, » mais comme d'une langue à laquelle » je me suis asservi. Dans le Dialogue » je ne chercherai point à la rendre nom- » breuse & redondante, mais claire & » expressive. Mon récit ne fera donc point » entendre de tenues, de cadences, ni » de ports de voix, mais il se bornera » à n'être qu'une simple melopée où les » accents & les inflexions de la déclama- » tion seront exactement conservés : tant » qu'il ne s'agira que d'exprimer des » idées successives, j'oublierai que je » suis Musicien, & je ne ferai que le » métier de traducteur ; mais si je dois » peindre un sentiment, une passion, » c'est alors que je rentre dans tous mes » droits, & voici comme je procéde. Si » le sentiment que je dois rendre est » vague & indéterminé, si le repentir » succéde à la fureur, si la pitié prend » la place de la haine, si la crainte &

» l'espérance se combattent & triom-
» phent tour à tour, je me chargerai
» de peindre toutes les nuances, toutes
» les transitions de ces sentiments op-
» posés. C'est-là mon domaine ; c'est ce
» que le Poëte ne peut exprimer, & ce
» que je puis seul rendre sensible. Lors-
» qu'Armide, prête à frapper Renaud,
» s'arrête tout à coup, lorsque le poi-
» gnard tombe de sa main tremblante,
» sans doute le sentiment qui la retient
» est très-éloigné de celui qui l'excitoit
» à la vengeance ; le Poëte a bien pu lui
» faire dire *frappons ; qui me fait hésiter ?*
» Mais je puis seul développer, rendre
» sensible ce qui la fait hésiter. De com-
» bien de sentiments opposés n'est-elle
» pas agitée ? Croira-t'on que ce mou-
» vement *achevons*, soit la suite immé-
» diate de cette réflexion. *Ma colére s'é-*
» *teint quand j'approche de lui.* Je crois
» l'entendre se dire à elle-même quelle
» foiblesse ! Quoi ! la beauté, la jeunesse
» de ce Héros triompheroient-elles de
ma

» ma vengeance ! Est-ce là ce que je me » suis promis, ce que je dois à ma gloire? » ah ! repoussons cette dangereuse pitié, » *achevons* &c. Ce sont toutes ces idées, » nécessairement sous-entendues, que je » ferai exprimer par l'orchestre; (8) c'est-» là que je déployerai toutes les puissan-» ces de mon Art, toute la science des » contrastes & des modulations. Mais » s'il arrive que l'expression du senti-» ment soit simple & unique, si elle se » borne à une seule pensée, à une seule » exclamation, c'est alors que j'imagi-» nerai une période musicale, que je » chercherai un motif, & que je ferai

---

(8) On peut appliquer ici ce que Démétrius de Phalere observe à l'égard du discours. Il prétend que le style coupé, dont il est d'ailleurs très-ennemi, ainsi que tous les Anciens, peut être employé sur le théatre, parce que les gestes font le complement des périodes, & lient les idées que les paroles ne font qu'accuser. Il en est de même pour le récit obligé où l'orchestre doit jouer le même rôle que les gestes.

» un *air*. Lorsque Artaxerxès se croit obli-
» gé de condamner à la mort, Arbace
» son ami, & le frere de sa maîtresse.
» S'il examine, s'il agite en lui-même
» ce qu'il doit à l'amour, ce qu'il doit
» à la Justice, ces irrésolutions, ces pen-
» sées opposés seront exprimées dans un
» récit accompagné. Mais si pressé de
» condamner son ami, il s'écrie seule-
» ment :

Deh! respirar lasciate mi
Qualche momento in pace,
Capace di resolvere
La mia raggion non è. (9)

» Alors cette pensée simple & identique

---

(9) Ah! laissez-moi du moins respirer quelques momens en liberté, ma raison égarée n'a pas encore la force de rien résoudre.

Nous prévenons ici que comme nous ne traduisons que pour aider ceux de nos Lecteurs qui ne possédent pas assez bien la Langue Italienne, pour que le texte ne les arrête pas quelquefois, nous n'avons cherché qu'à rendre le sens principal.

» sera renfermée dans une période mu-
» sicale, & je ferai un air pathétique.

Maintenant que nous avons développé les trois procédés qui doivent naturellement être employés dans les Opéras, si nous comparons à ces principes les formules de nos Opéras François, nous trouverons que nos premiers compositeurs n'ayant connu ni la période musicale qui constitue l'*air*, ni les ressources de la symphonie qui font tout le prix du récit obligé, il n'est pas étonnant qu'ils se soient appliqués uniquement au récitatif ordinaire. Il est tout simple aussi qu'ils se soient attachés à embellir le seul domaine qu'ils possédoient; que d'un côté les chanteurs aient cherché à faire briller leur voix, & que de l'autre les Musiciens ayent eu la complaisance de leur en fournir les moyens. Delà est venu sans doute ce récit emphatique & crié, ces *hélas*, ces *ciel* éternels qui n'ont fait qu'augmenter depuis Lulli jusqu'à nos jours. Delà ces monologues à longue ritournelle qui ne sont qu'une déclamation affectée & pénible, ces rondeaux dont le dessein consiste à répéter ce qu'on a crié le plus fort. Mais un inconvénient plus grand encore, c'est que l'ignorance des Musiciens a établi parmi les Poëtes un préjugé qui a duré plus long-tems qu'elle-même. N'est-il pas naturel en effet que ces derniers ne connoissant ni les effets du récit obligé, ni ceux de la période musicale se soient mis à leur aise, & n'ayent consulté que leur esprit dans la composition de leurs drames. Dequoi pouvoient-ils s'inquieter encore ? de quelque façon qu'ils arrangeassent leurs scenes, c'étoit au Musicien à les suivre; il suffisoit de mettre plus de facilité dans la vérsification, & d'éviter quelques mots durs à l'oreille. Mais quant aux sentimens, la marche en fut à peu près la même que dans la Tragédie. Le développement des idées, la recherche des expressions, l'antithèse même & l'Epigrame n'en furent point bannies. On ne sauroit croire cependant combien en général l'esprit & la subtilité nuisent à la Musique. Je ne prétens faire grace à aucun de nos Poëtes Lyriques. Quinault, le grand Quinault, à qui nous ne rendons justice que depuis si peu de tems, n'est pas lui-même à l'abri de ce reproche. Tous les Poëtes qui ont travaillé pour l'Opéra ne se sont occupés de la Musique qu'en préparant des fêtes, des chœurs & quelques *duo* ou *trio*. Mais en écrivant la scene ils n'ont plus songé qu'à eux-mêmes. En effet il est aisé de s'appercevoir que dans toutes leurs tirades de vers, ils ont répandu également le sentiment & l'expression, & n'ont pas manqué de rejetter à la fin ce que ces morceaux comportoient de plus fin & de plus ingénieux, de façon que le Musicien embarrassé d'un si beau stile ne sait plus où se prendre, & se perd dans ces développements qui ne le conduisent qu'à une pensée fine & épigrammatique. Le procédé des Poëtes Italiens est tout différent. Si la situation de leurs personnages amene quelque chose de grand & de pathétique, ils ont soin de le préparer dans un dialogue ou dans un monologue déclamé. Une Reine éplorée sait-elle que son Amant est dans un danger pressant ? Veut-elle voler à son secours, & craint-elle en même-tems de précipiter sa perte ? Tous ces sentimens seront exprimés dans le récit jusqu'à ce que l'excès de sa douleur amene cette expression simple & vive :

Perche, se tanti siete
Che delirar mi fate,
Perche non m'uccidete
Affanni del mio cor. . . . . (10)

Une Amante plus malheureuse encore croit-elle être sûre d'avoir perdu l'objet de sa tendresse ? Elle se plaint, elle gémit, son esprit s'égare. Elle croit voir son

(10) O tourmens de mon cœur, si l'excès de votre violence suffit pour égarer ma raison, que n'a-t-il aussi le pouvoir de m'ôter la vie.

Amant sur les rives du Cocyte, elle l'appelle à grands cris, mais cette vaine image la fuit, & les antres de ces lieux solitaires répondent seuls à ses gémissemens. Elle revient à elle-même, l'abattement succéde aux transports de la douleur, elle s'adresse aux Dieux & leur dit:

Rendete mi il mio ben, numi tiranni,
Ah! che il mio ben morì, lo cerco in van. (11)

Si Démophoon s'imagine avoir trouvé sa sœur dans la personne de Dircée qu'il a épousée, il paroit plongé dans un désespoir sombre & farouche: sa femme qui n'en sait point la cause cherche à le consoler; il la repousse avec terreur; son pere lui parle & n'en est point écouté: enfin on lui amene son fils: il ne le considére plus que comme le fruit infortuné d'un amour incestueux. Cependant la foi-

(11) Rendez-moi mon Amant, Dieux inhumains! hélas! mon Amant n'est plus, je le cherche, je l'appelle en vain.

blesse, les graces de cet enfant adoucissent la douleur féroce dont il est pénétré. Des larmes coulent de ses yeux; il s'écrie :

Misero pargoletto,
Il tuo destin non sai!
Ah! non li ditte mai
Qual era il genitor! (12)

Telles sont les paroles des airs amenés par les trois situations dont je viens de donner une idée. On voit que l'expression en est simple & unique. C'est pour ainsi dire le dernier résultat, le produit des sentimens qui sont développés dans les scenes qui les ont précédés.

Opposons maintenant à ces exemples quelques morceaux de nos Opéras, & choisissons ceux qui paroissent avoir prêté le plus à la Musique. La Fée Arcabonne voulant se venger sur Oriane, de la pré-

---

(12) Malheureux enfant tu ne connois pas ta destinée. Ah! ne lui dites jamais quel fut son pere.

férence qu'Amadis donne à cette Princesse, lui fait voir son Amant étendu sur ses armes ensanglantées. Oriane ne doute pas qu'il ne soit mort. Que vois-je, dit-elle, ô spectacle effroyable !

O trop funeste sort !
Ciel, ô Ciel ! Amadis est mort
Ma colere lui fut fatale,
J'eus tort de l'accuser de suivre un autre Amour.
Que ne puis-je en mourant le rappeller au jour !
Dut-il vivre pour ma rivale.
Ciel ! qui nous donnas ce Héros
Que ne prenois-tu sa défense
Contre l'infernale puissance ?
L'univers a perdu l'auteur de son repos
Pleure, gémis foible innocence,
Pleure, hélas ! tu n'as plus d'appui
Tu vois expirer aujourd'hui
Ton unique espérance.
O trop funeste sort !
Ciel, ô Ciel ! Amadis est mort.
Il m'appelle, je vais le suivre,
Le sort qui nous rejoint m'est doux
Amadis, je vivois pour vous,
Vous mourez, je ne puis plus vivre.

Il est aisé de remarquer que l'expression de cette douleur n'est ni vive, ni vague, ni rapide. L'esprit la dicte toujours & la réflexion la suit : nul égarement, nulle réticence ; chaque phrase porte avec elle son complément. D'ailleurs on voit qu'il n'y a pas une idée simple sur laquelle on puisse se fixer pour y appliquer les puissances de la Musique, en y adaptant un motif. Ce ne sera certainement pas les derniers Vers qu'on choisira ; ils contiennent un sillogisme un peu trop régulier.

Il n'est personne qui ne connoisse cette scene de Persée, où Quinault fait dire à Méduse,

J'ai perdu la beauté qui me rendit si vaine &c.

Voyez comment finit ce morceau sublime dans son genre :

Je porte l'épouvante & la mort en tous lieux
Tout se change en rochers à mon aspect horrible,
Les traits que Jupiter lance du haut des Cieux.

N'ont rien de ſi terrible
Qu'un regard de mes yeux.
Les plus grands Dieux du ciel, de la terre & de l'onde
Du ſoin de ſe venger ſe repoſent ſur moi,
Si je perds la douceur d'être l'Amour du monde,
J'ai le plaiſir nouveau d'en devenir l'effroi.

Je demande à tous les compoſiteurs comment ils s'arrangeront pour faire entrer ces paroles dans un motif ou dans un chant périodique. Prendront-ils les cinq premiers Vers pour faire la premiere partie de leur air (13)? mais le troiſième, le quatrieme, & le cinquieme ne ſont qu'une extenſion de l'idée que renferment les deux premiers, quoi-

(13) M. De la Borde dont les talens & la ſcience (choſe plus rare encore dans un Amateur) ſont généralement connus, a eſſayé de mettre ces vers en Muſique, & a choiſi le premier procédé que je propoſe. Mais quelque ſuccès qu'il ait eu, perſonne n'eſt peut-être plus en état que lui de dire quelle difficulté ils offrent au Muſicien.

qu'ils ne soient pas phrasés avec eux & compris dans la même période. D'ailleurs les deux vers Alexandrins qui suivent sont membres de la seconde période & ne peuvent pas en être séparés. Il faut donc se résoudre à faire entrer les sept premiers vers dans le motif & laisser pour la reprise la réflexion que les deux derniers contiennent ; ou plutôt il faut se borner aux cinq premiers vers & les partager de façon que les deux premiers fassent le motif & les trois autres la reprise. Mais je doute que ces deux premiers vers fournissent assez au Musicien pour qu'il y trouve le sujet d'un air qui lui mérite quelques applaudissemens. Que conclure de ces observations? Que la seule lecture de nos Opéras prouve que nos compositeurs ne connoissoient ni le récit obligé, ni l'air ou le chant périodique, & que les Poëtes ayant travaillé d'après les moyens des Musiciens, leurs paroles se trouvent ou trop ou trop peu décousues ; trop conséquentes, trop périodiques pour le récit, & pas assez pour l'air ; enfin qu'on ne les peut classer dans aucun genre, si ce n'est dans celui de notre récit emphatique & composé, genre mitoyen que nous croyons devoir proscrire. Ceci suffit seul pour faire voir l'impossibilité de réaliser le projet si souvent proposé de faire de la Musique moderne sur des Poëmes anciens. On en jugera encore mieux si l'on veut jetter les yeux sur quelques scenes de Metastasio. Il n'est pas besoin d'expliquer le sujet de sa Didon. On sait qu'après le départ d'Enée Iarba, irrité contre la Reine, met le feu à la Ville de Carthage qu'il livre au pillage & à la destruction. Didon abandonnée des siens, qu'elle charge d'imprécations ainsi que les Dieux mêmes, reste seule sur le théâtre.

Ah ! che dissi infelice ! à quel eccesso
Mi trasse il mio furore ?
Oh Dio ! cresce l'orrore. Ovunque io miro
Mi vien la morte e lo spavento in faccia
Trema la reggia & de di cader minaccia,

Seleno, Osmida! ah! tutti
Tutti cedeste alla mia sorte infida
Non v'è chi mi soccorra o chi m'uccida!
Vado.... ma dovè?.... Oh Dio!
Resto.... ma poi.... che fò?
Dunque morir dovrò
Senza trovar pietà.
E v'è tanta vilta nel petto mio?
No, no; si mora, e l'infidele Enea
Abbia nel mio destino
Un augurio funesto al suo Camino.
Precipiti Cartago,
Arda la reggia, è sia
Il cinere di lei la tomba mia. (14)

Voulez-vous une situation moins terrible. Voyez dans l'Ezio, voyez Fulvie se plaignant d'un Pere criminel qui veut

---

(14) Qu'ai je dit, malheureuse! à quels excès m'entraîne ma fureur! Oh Dieux l'horreur redouble: partout où je porte mes regards l'épouvante & la mort se présentent à mes yeux.... Le Palais est ébranlé & menace de s'écrouler!.... Selene, Osmida! hélas! vous avez tous cédé à mon cruel destin! personne ne veut me donner ou des secours ou la mort. Allons.... mais où

l'engager à trahir & son Prince & son Amant.

Misera dove son' ? L'aure del tebro
Son queste ch'io respiro ?
Per le strade m'aggiro
Di tebe o d'argo, o dalle greche sponde
Di tragedie feconde
Le domestiche furie
Vennero à questi Lidi
Della prole di Cadmo e degli Atridi ?
Là d'un Monarca ingiusto
L'ingratta crudeltà m'empie d'orrore ;
D'un padre traditore
Quà la colpa m'agghiaccia
E lo sposo innocente ho sempre in faccia.
Oh imagini funeste !
Oh memorie ! oh martiro !

---

porter mes pas ? Oh Dieux ! demeurons.... mais quoi.... que faire hélas ! ainsi donc je dois mourir sans trouver nulle part la moindre compassion.... & j'aurai encore la foiblesse de souffrir.... Non, non, mourons, & que ma fin tragique soit pour le perfide Enée un augure funeste. Que Cartage s'abîme, que le Palais s'embrase, & que ses cendres brûlantes deviennent ma sépulture.

Ed io parlo infelice, ed io respiro.
Ah! non son io che parlo
E il barbaro dolore
Che mi divide il core.
Che delirar mi fà.
Non cura il ciel tiranno
L'affanno in cui me vedo
Un fulmine gli chiedo
Un fulmine non hà. (15)

On voit dans ces deux morceaux le vague, l'incohérence du stile destiné au récit obligé ; mais on doit s'appercevoir que le dernier, ainsi que presque tous ceux de ce genre, est terminé par un air. Ce sont de pareils morceaux qui font la fortune des Opéras Italiens, & c'est à

(15) Où suis-je, malheureuse! respirai-je encore l'air des rives du Tybre!..... Non, ou je suis dans les murs de Thebes ou d'Argos, ou les Furies attachées à la race de Cadmus & des Atrides, ont abandonné ce séjour de sang & d'horreur pour venir habiter nos rivages. Là, la cruauté barbare d'un injuste Monarque me remplit d'horreur, ici le crime d'un Pere rebelle me glace d'effroi. Et toi, image d'un époux tendre

ceux qui sont assez heureux pour être sensibles à la belle Musique, c'est à ceux-là seuls qu'il faut demander quel charme inexprimable l'oreille éprouve lorsqu'après avoir erré dans les phrases irrégulieres & dans les modulations variées du récit, elle entend commencer cette période musicale dont elle conçoit sur le champ le plan & la structure.

Quelques clairs, quelques sensibles que soient les principes que nous venons d'établir, il n'est pas étonnant qu'ils soient restés inconnus jusqu'à nos jours, puisque depuis Lulli jusqu'à Rameau, nos Musiciens n'ont fait que se copier. Mais ce qui me surprend, c'est qu'après

---

& vertueux, tu te présentes sans cesse à mes yeux effrayés. O funestes images! ô souvenir! ô martyre! malheureuse que je suis, & je parle & je respire encore! Ah ce n'est pas moi qui parle, c'est la douleur cruelle qui déchire mon cœur, qui trouble ma raison. Le Ciel, barbare, n'est point touché de mes maux. J'invoque la foudre, & la foudre se refuse à mes vœux.

avoir pris avec tant de vivacité le goût de la Musique Italienne, personne ne se soit avisé d'en examiner les procédés, & de voir en quoi elle différe essentiellement de la nôtre. C'est principalement sur les Poëtes que doit tomber ce reproche. Apeine cinq ou six Opéras bouffons représentés sur le théâtre de l'Opéra avoient donné une idée de ce genre, que le théâtre de la Comédie Italienne & celui de l'Opéra comique voulurent s'en approprier les succès : on se hâta de faire des piéces mêlées d'ariettes ; mais ceux qui se chargérent de cette besogne commirent deux fautes principales. La premiere, d'adapter aux airs Italiens des paroles qui n'avoient aucun rapport avec celles sur lesquelles la Musique avoit été composée : la seconde, de regarder ces airs comme des cannevas dont ils pouvoient remplir toute l'étendue. J'ai observé dans ce tems-là que les gens qui avoient aimé ces airs avec le plus d'enthousiasme ne trouvoient plus aucun plaisir à les entendre lorsqu'ils étoient traduits en françois. La différence de l'harmonie de la langue, la difficulté d'ajuster les Vers parodiés n'étoient pas la seule raison de ce jugement. Je la leur fis appercevoir en leur montrant que les Auteurs François avoient mis beaucoup plus de paroles sur le même air que les Poëtes Italiens, de façon que le motif de l'air qui n'avoit été prémédité que pour une seule intention, ne pouvoit plus se prêter à tout le bavardage dont on vouloit qu'il se chargeât.

Cette méprise sur la nature de l'*air* ou de la Musique périodique en a amené une autre que nous retrouvons journellement sur le théâtre Italien : c'est que les Auteurs mettent beaucoup trop de Vers & beaucoup trop d'idées différentes dans les morceaux qu'ils destinent aux ariettes. J'en citerai pour exemple l'air du *bucheron, dès le matin je prens en main &c.*, qui a 25 Vers & qui contient cinq idées différentes, & la chasse de *Tom Jones* qui n'a que 32 Vers seulement. Aussi est-il aisé de voir que ces morceaux de Musique ne sont point périodiques, qu'ils ne contiennent point de motifs suivis, & que si l'imagination du Musicien y brille par l'harmonie & la variété des accompagnements, ils n'en sont pas pour cela moins vagues & moins inconséquents. qu'on compare à ces prétendus airs ceux du même Auteur tels que *j'ai perdu tout ce que j'aime ; je voudrois bien vous obéir ; vois le chagrin qui me dévore ; reviens, ma voix t'apelle.* Si les premiers sont applaudis par la multitude, c'est à ces derniers seuls que les connoisseurs donneront leur suffrage. Cette observation me conduit à relever une injustice qu'on fait trop communément à la Musique Italienne. On lui reproche de répéter souvent les mêmes paroles. Si ce reproche venoit des ennemis de la Musique je n'aurois rien à leur répondre, ou plutôt je leur dirois que le chant n'est pas un langage naturel, mais que les hommes y ont trouvé tant de charmes qu'ils ont voulu lui faire exprimer toutes nos pensées & tous nos sentiments ; que pour faire cet hommage à nos sens avides de plaisir, il a fallu sacrifier un peu de raison & de vraisemblance ; que le problême est d'en conserver le plus qu'il est possible, sans toucher toutes fois à l'objet qu'on s'est proposé, puisque la Musique étant devenue l'objet principal, ce seroit une grande méprise que de le sacrifier à la vérité qu'on vient d'abandonner pour elle.... Je suppose donc que je répons ici aux amateurs de la Musique, à ceux qui ont adopté toutes ses illusions: je leur demande si le plus grand plaisir qu'elle puisse leur procurer n'est pas de leur offrir un beau chant, bien naturel, bien suivi, dont ils saisissent la marche & l'ensemble, qu'ils suivent dans ses nüances insensibles & dans les légéres variétés qui le reproduisent sous une forme nouvelle, enfin si un beau motif, bien trouvé & bien traité, n'est pas le *maximum* de cet art ? Une preuve incontestable que le chant est la partie principale de la Musique, partie indépendante des paroles, c'est que vous le retrouvez toujours lorsque la Musique est séparée de ces paroles, & que souvent même il ne fait qu'y gagner, parce qu'il devient plus pur & plus régulier. Prenez à votre choix une sonate, une symphonie, un air à danser; n'y trouverez-vous pas toujours une idée principale, une phrase de chant, une période musicale ? Or le plaisir de la Musique dépend si bien de celui que trouve l'oreille à saisir les rapports & l'ensemble de cette phrase musicale que le symphoniste qui n'a d'autre régle que son imagination, ne manque jamais de donner à son motif une étendue très-bornée, & qu'il prend toujours soin de vous le faire entendre quatre fois. En effet il ne faut pas croire que ce soit une chose de simple usage que de jouer deux fois la premiere & la seconde partie d'un *allegro* ou d'une *andante*. La premiere fois qu'on joue l'une de ces partie, l'oreille se contente de faire connoissance avec elle, la seconde fois, elle la connoit & en jouir. Or, la seconde partie d'un morceau de symphonie n'étant que la répétition ou l'imitation de la premiere, l'auditeur a encore le plaisir de retrouver le chant qu'il a entendu & de le suivre dans une autre modulation. Maintenant s'il est prouvé que le plus grand plaisir de la Musique est d'entendre un beau motif, d'en saisir tous les rapports, & d'en suivre toutes les nüances; comment pourra-t'on trouver mauvais qu'on emploie les mêmes procédés dans la Musique qui se chante? De deux choses l'une: ou vous employerez dans vos airs beaucoup de paroles & d'idées, & alors votre Musique sera vague & incohérente; ou vous employerez peu de paroles & d'idées, & alors votre Musique sera simple & belle, mais il faudra vous répéter (16).

(16) De toutes les répétitions je n'en connois

Avant de quitter cet objet, je dois prévenir quelques objections qu'on pourroit me faire. On trouvera peut-être que j'ai établi mon principe d'une façon trop générale ; on me citera plusieurs ariettes qui font plaisir, quoiqu'on n'y reconnoisse pas de motif bien sensible. Je répondrai à cela que si j'ai donné de l'étendue à ce principe, je n'ai pas prétendu le rendre exclusif ; j'entrerai même dans le détail des morceaux de Musique qui paroissent s'en écarter,

point de plus froides & de plus ridicules que celles qui sont en usage dans nos scenes d'Opéra, où lorsque le Musicien rencontre un couplet qui finit par deux Vers un peu épigrammatiques, il ne manque pas de les faire répéter, quoiqu'ils commencent souvent par la conjonction *&*, ou la préposition *mais.* Il est à remarquer encore que cette répétition, se faisant sur la même mélodie, ne répand aucune variété, aucune expression dans la scene ; de sorte que les Acteurs ressemblent à ces beaux esprits de société qui répétent leurs bons mots lorsqu'on ne les a pas bien entendus.

&

& je crois que je pourrai faire voir la ſource du plaiſir qu'ils nous cauſent. Les ſymphoniſtes Allemands, par exemple, ſe ſont moins attachés à trouver des motifs ſimples, qu'à produire de beaux effets par l'harmonie qu'ils tirent du grand nombre d'inſtrumens différens qu'ils emploient, & par la maniere dont ils les font travailler ſucceſſivement. Leurs ſymphonies ſont des eſpéces de *Concertos*, où les inſtrumens brillent tous à leur tour, où ils s'agacent & ſe répondent, ſe diſputent & ſe raccommodent. C'eſt une converſation vive & ſoutenue. Cependant à travers de tous ces contraſtes vous reconnoîtrez toujours, & ſur-tout dans les bons ouvrages, un motif qui ſert de baſe à tout l'édifice. Chaque partie, il eſt vrai, s'en occupe à ſon tour. Tel paſſage eſt deſtiné au cor-de-chaſſe, tel autre au hautbois; c'eſt une période qui eſt partagée entre toutes les parties de l'orcheſtre, un cannevas ſur lequel chaque inſtrument fait une petite amplification.

Quant aux Italiens, ce qu'ils ont de plus éloigné de mon principe, ce ſont certaines ariettes de difficulté qu'ils appellent *Arie di bravura*, où le ſujet legerement exprimé dans la ritournelle, ſe noye enſuite dans la quantité de roulades (17) ou de *prolations* dont elles ſont remplies. Ces ariettes ſont deſtinées à faire briller la voix. Nous conviendrons que le genre en eſt mauvais, mais elles peuvent être agréables en petit nombre, & ſervir, comme les ſonates, à faire paroître les talens d'un Artiſte. Tel eſt du moins le jugement qu'en portent les vé-

(17) M. l'Abbé Arnauld a remarqué que c'eſt à l'*onomatopée* ou à l'imitation des ſons que ces prolations doivent leur origine. De même qu'Homere ne faiſoit pas difficulté de redoubler les voyelles, comme dans *βοόωσι*, pour imiter le mugiſſement des vagues, de même les Muſiciens ont imaginé les prolations ſur les mots *onde*, *vole*, *lance*, &c.

ritables amateurs de la Musique. Mais on s'imagine à Paris que c'est là le genre dominant en Italie, & cette erreur vient de ce que les *virtuoses* que nous avons entendus n'ayant pas fait un long séjour ici, & n'ayant pas eu occasion de chanter souvent devant les mêmes personnes, se sont plus occupés de faire admirer leur science que de donner du goût pour la Musique de leur pays. Mais il est encore une autre espéce d'airs Italiens qui paroît se dérober à l'unité & à la simplicité du motif; ce sont ceux qui contiennent des sentimens différens & souvent même opposés; comme,

Se cerca, se dice
L'amico dov'è?
L'amico infelice,
Rispondi, morì:
Ah! nò, si gran duolo
Non dar le per me
Rispondi ma solo
Piangendo partì. (18)

(18) Si elle s'informe, si elle te demande;

Prence, perdona, (o pene)
Padre rammenta (o Dio)
Già che morir deggio
Potessi almen parlar. (19)

Tremate, tremate
Mostri di crudeltà,
Son madre infelice
Che smanio, che peno
Ne trovo che almeno

---

qu'est devenu ton ami, ton malheureux ami, réponds lui, il n'est plus. Ah! non; garde-toi de lui causer une douleur si cruelle; réponds lui je l'ai vu partir en pleurant.

Rien ne prouve mieux notre opinion que la maniere dont Pergoleze a rendu ces paroles touchantes. En effet, cet incomparable Auteur a senti qu'il ne pouvoit faire entrer dans son motif cette exclamation : *Ah no! si gran duolo non dar le per me.* Il a donc pris le parti de mettre ces deux Vers en déclamation & de rentrer ensuite dans son sujet par ces deux derniers Vers, *Rispondi, ma solo piangendo parti.*

(19) Prince pardonnez! ô tourment! mon pere souvenez-vous, oh Dieux! ah si je dois mourir que ne m'est-il permis de parler?

Ne senta pietà.
Tiranni crudeli !
Ma il figlio e lo sposo
Saprò vendicar. (20)

Dans de pareils morceaux l'art du compositeur est de prendre un motif pour le sujet principal de l'air & de l'interrompre ensuite par des transitions adroites qui préparent un nouveau plaisir à y rentrer. C'est-là qu'il peut déployer toutes les ressources de l'art des modulations ; car les changemens de modulations n'ont jamais plus de charmes que lorsqu'ils nous causent une surprise agréable, & nous ramenent par des voies détournées au premier sujet de l'air, en nous faisant rentrer dans le motif au moment où nous croyons nous en être éloignés pour ja-

(20) Tremblez, tremblez monstres de cruauté.... je suis une mere infortunée qui pleure, qui gémis, & je ne trouve personne qui prenne pitié de moi.... *Ah barbares, cruels !* Mais je sçaurai du moins venger mon époux & mon fils.

mais. Enfin les procédés de la Musique sont variés à l'infini ; mais puisque cet art peut être ramené à des principes simples & clairs, c'est lui rendre service que de développer ces principes.

Nous venons de faire voir que le charme de la Musique consistant principalement dans la simplicité du motif, il faut que le Poëte fournisse aux Musiciens des paroles qui présentent des idées simples & identiques. Examinons maintenant l'attention qu'il doit donner au choix du mètre.

J'avoue que tout ce qui a rapport à la mesure & à la coupe des vers lyriques, me paroît si complettement négligé dans tous nos Opéras, qu'on seroit tenté de croire que tous ceux qui ont écrit ces Poëmes n'ont eu que de bien foibles notions de la Musique. Et dans le fait, tant que cet art n'a pas été assez répandu pour qu'on pût sçavoir la Musique sans être un Musicien, il a été très-difficile que des Gens de lettres s'y soient exercés à un certain point. Il n'en est pas de même en Italie, où il est bien rare de trouver un homme bien élevé, de quelque état qu'il soit, qui ne sçache jouer d'un instrument & composer un menuet ou une chanson, ce qui suffit pour donner une idée de ce que c'est que le rythme, & de l'importance dont il est pour la Musique. J'ai déjà indiqué les défauts de nos anciens Opéras, mais je ne puis comprendre pourquoi dans nos Opéras comiques les ariettes sont composées de mesures de vers si différentes les unes des autres qu'on seroit tenté de les prendre pour des paroles parodiées sur des cannevas. Comment ces Auteurs qui devroient par leurs vers aider, exciter le Musicien au point de lui suggérer son motif, se sont-ils jetté de plein gré dans des suites vagues de vers irréguliers, sans rien prévoir, sans supposer la Musique qui doit s'y trouver unie? Il n'en est pas de même des bons Poëtes Italiens. On diroit qu'ils ont imaginé eux-mêmes tous les motifs

& qu'ils n'ont laissé aux Musiciens que le soin de composer les accompagnemens. Lorsque leurs personnages se trouvent dans une situation calme & tranquille, ils leur fournissent des airs à deux motifs, parce qu'une pareille situation permet au Musicien de se donner carriere sans courir le risque de refroidir l'action. Dans ce cas ils ne se feront aucun scrupule de composer leurs airs de deux phrases inégales, comme,

Vò solcando un mar crudele
Senza vele e senza sarte,
Freme l'onda, il Ciel s'imbruna
Cresce il vento, e manca l'arte,
E il voler della fortuna
Son costretto à seguitar.
Infelice in questo stato
Son da tutti abandonnato
Meco sol resta l'innocenza
Che mi porta à naufragar. (21)

Ceux qui connoissent la Tragédie

(21) Je navige dans une mer orageuse sans

d'Artaxerxès sçavent qu'Arbace ne chante cet air qu'au moment où il est seul & où il a le loisir de s'entretenir avec lui-même de tous les malheurs qu'il vient d'éprouver. Metastasio a donc senti que le Musicien ne devoit se faire aucune difficulté de faire entrer deux motifs & deux mouvemens dans son air, & en conséquence il n'a pas craint de lui fournir deux périodes inégales, ce qui auroit été un grand défaut si les deux parties de l'air avoient dû être chantées sur le même motif. Voici un exemple d'un air de ce genre, où la vivacité de l'action & la chaleur du sentiment ne laissant qu'un court espace au Musicien, l'obligent à se borner à un seul motif.

---

voile & sans cordages. L'onde mugit, le ciel s'obscurcit, le vent redouble, l'art est en défaut & je me vois forcé d'errer au gré de la fortune. Malheureux que je suis ! dans ce funeste état, je suis abandonné de tout le monde. Mon innocence seule me reste, & c'est elle qui précipite mon naufrage.

Va pur ! perfido ingratto !
Va temi il mio furore
Ch'io sempre t'odierò.
(Ma sento che il cor mio
Non dice, oh Dio ! così.)
Rammenta ch'ai ingannato
Il mio costante amore
Che pace pià non hò.
(Pentito à questo seno
Tornasse almeno un dì.) (22)

Voyez avec quel soin, avec quelle précision, les deux périodes sont assimilées l'une à l'autre. C'est surtout dans les *duo* que ce procédé est observé avec la plus grande exactitude. Le Poëte sçait que les deux parties doivent chanter sur le même motif en imitation l'une de l'autre, ainsi

---

(22) Va, perfide ingrat, va redoute ma fureur; oui, je te voue une haine éternelle, (mais je sens que mon cœur en secret me désavoue.)

Souviens-toi que tu as trahi l'amour le plus constant, que je ne goûte plus de repos : (ah ! puisse le repentir, le ramener un jour dans mes bras !)

il ne manque jamais de rendre son dialogue symétrique, de façon que s'il fait dire un vers féminin & un vers masculin de huit syllabes à son premier interlocuteur, il en donnera précisément deux pareils au second. Interrompera-t-on par un vers féminin, on y répondra par un féminin; répliquera-t-on par un demi-vers, on y répondra encore par un demi-vers, & ainsi de suite (23). Voyez ce duo de l'Olympiade où Megacle résolu de sacrifier à Licida son ami & son bienfaiteur la passion qu'il a pour Aristée, abandonne cette Princesse sans vouloir lui en expliquer la raison.

Megacle. Ne' giorni tuoi felici
Ricordati di me.

(23) Les Grecs qui étoient accoutumés à l'élocution périodique employoient volontiers cette symmétrie lorsque le Dialogue étoit un peu vif, & surtout lorsqu'il procedoit par demande & par réponse. Voyez leurs Tragiques & particulierement Euripide.

Aristea. Perchè cosi mi dici,
Anima mia, perchè?
Megacle. Taci bel idol mio.
Aristea. Parla bel idol mio.
Megacle. { Ah! che parlando } oh Dio!
Aristea. { Ah! che tacendo }
Tu mi trafiggi'il cor
Aristea. Veggio languir chi adoro
Ne intendo il suo languir.
Megacle. Di gelosia mi moro
E non lo posso dir.
Meg. Arist. { Chimai provò di questo
Affanno piu funesto
Piu fiero martir! (24)

Telle est la forme de tous les *duo*

---

(24) *Megacle.* Pendant le cours de vos jours fortunés, souvenez-vous de moi quelquefois. *Aristea.* Pourquoi me parlez-vous ainsi, cher Amant, pourquoi? *Megacle.* Ne me le demandez pas. *Arist.* Ah! parlez mon cher Megacle. *Meg.* Hélas en parlant! *Arist.* Hélas en vous taisant; *ensemble.* Vous me percez le cœur *Arist.* Je vois languir ce que j'aime, & je ne puis comprendre ce qui le fait souffrir. *Meg.* Je meurs de jalousie & je n'ose le dire. *Ensemble.* Qui jamais éprouva un plus funeste tourment! un plus affreux martyre.

Italiens, forme que la Musique elle-même a indiquée, & dont nous pouvons tirer un nouvel argument pour appuyer ce que nous avons dit sur l'unité du motif & de la période musicale. En effet, tous ceux qui croyent que la Musique n'est qu'une imitation servile de l'accent de la déclamation, ne seroient-ils pas tentés de demander pourquoi l'on veut que dans un *duo* deux interlocuteurs chantent sur la même mélodie, quoiqu'ils soient affectés de sentimens différents. Doit-on, diront-ils, prononcer cette question, *Perche così mi dici, anima mia, perché?* sur le même ton que cette expression douloureuse, *Ne i giorni tuoi felici ricordati di me.* On leur répondra à cela que l'expérience prouve assez que cette façon d'écrire les duos est la meilleure de toutes, & que la raison nous en fait voir la cause dans la nécessité d'une période musicale & d'un motif suivi. Mais s'il leur restoit encore quelque nuage, nous les prierions de suspendre leur jugement, jusqu'à ce qu'ils eussent entendu la Musique que *Pergoleze* a composée sur les paroles que nous venons de citer, ou celle de *Hasse* sur ce duo du Démophoon, *la destra ti chiedo*; c'est dans ces morceaux incomparables qu'ils verrons tout ce que le Poëte & le Musicien se doivent réciproquement.

Quelque universalité que M. l'Abbé Metastasio ait montrée comme Poëte dramatique & lyrique, c'est peut-être cette connoissance profonde du rythme musical qui a le plus contribué à faire adopter ses ouvrages de préférence à ceux d'Apostolo Zeno, dont les Piéces sont admirées pour la conduite, le stile, le dialogue & les autres parries dramatiques, mais chez qui le lyrique est absolument négligé. C'est une chose étonnante que de cent airs que vous entendrez exécuter dans un concert, il n'y en aura pas deux dont les paroles ne soient de Metastasio, & peut-être pas un dont les paroles soient d'Apostolo Zeno, quoique ce dernier Auteur ait composé plus de vingt Piéces de Théatre. La raison en est pourtant facile à trouver pour ceux qui sçavent que dans les vers qu'il a destinés à être mis en air il a négligé & la simplicité dans les idées & l'unité dans le mètre. Il ne faut pas être profondément versé dans la Langue Italienne pour en juger. Je vais en citer quelques exemples que je prendrai au hasard, tels que celui-ci :

A chi manca amor di Rè
Manca tosto ogni altro Amor,
Pianta eccelsa intorno spande
Ombra grande
E fa invito al passager
Ma se perde
Il suo bel verde
Sta negletta
E viricetta
Solo il tarlo roditor. (25)

Il n'est pas difficile d'appercevoir les

(25) Celui qui perd l'amitié d'un Roi perd bientôt tous ses autres amis. Un arbre élevé

défauts dont ces vers sont remplis. 1°. L'air commence par deux vers *cadenti* ou *tronchi* (26), ce qui coupe court à la phrase musicale en forçant le compositeur de s'arrêter après le premier vers & en bornant à ce vers le premier membre

---

répand au loin son ombre favorable ; mais s'il vient à perdre sa verdure, il demeure négligé & ne donne plus d'asyle qu'à l'insecte qui le ronge.

(26) Il ne sera peut-être pas inutile d'expliquer ici en peu de mots le méchanisme des vers Italiens. Le vers héroïque ou endécasillabique est semblable à notre vers féminin de dix syllabes, parce qu'ayant toujours la pénultieme longue & accentuée, la derniere ne doit former qu'une foible résonnance & n'est comptée pour rien, comme,

E ne formò quel si mirabil cinto.

Le vers *tronco* ou *cadente* est celui qui finit par une syllabe accentuée, comme,

Abraham Patriarcha, e David rè.
Ah che il mio ben morì, lo cerco in v n.

Il répond à notre vers masculin de dix syllabes. La césure des vers Italiens dépend de l'accent. Cet accent se place nécessairement à la pénultie-

de ſa période. Cette obſervation ne ſera pas inutile pour les Compoſiteurs François, car le vers maſculin eſt pour eux ce que le vers *tronco* eſt pour les Italiens, excepté que l'Italien n'ayant pas de voyelles nazales comme humain, conſtant,

---

me, & arbitrairement à la quatrieme ou à la ſixieme ſyllabe, comme

In tanto Erm nia -- infra l'ombroſe piante
D'antica s lv. -- dal cavallo e ſcorta
Ne piu governa il frěn -- la man tremante.

Dans les deux premiers vers l'accent eſt ſur la quatrieme & la céſure eſt après le cinquieme. Dans le troiſieme il repoſe ſur la ſixieme, & eſt ſuivi immédiatement de la céſure. Le vers Italien de huit ſyllabes, qui répond à notre anacréontique, a l'accent à la troiſieme & à la cinquiéme, celui de ſept à la ſeconde & à la quatrieme; les drammes lyriques ſont écrits en vers de onze & de ſept. Les airs n'ont point de meſure fixe. Ils ſont compoſés ordinairement de deux couplets, tantôt égaux, tantôt inégaux, mais qui finiſſent chacun par un vers *cadente.* Les deux vers *cadente* qui terminent les couplets doivent rimer enſemble. Il n'eſt pas néceſſaire

ambition, &c. ses terminaisons masculines sont plus dures, comme *Amor*, *rè*, *roditor*, *pietà*. Il est vrai qu'elles sont

---

que tous les autres riment, mais il est d'usage qu'il y ait au moins deux rimes dans chaque couplet. Voyez les exemples ci-dessus. La rime doit toujours commencer à la syllabe accentuée, de façon que la rime est simple ou double ou triple, suivant que le vers est *cadente*, *héroïque*, ou *sdrucciolo*. Le vers *sdrucciolo* est ainsi appellé du mot Italien *sdrucciolare*, *glisser*; c'est celui où la derniere syllabe accentuée est suivie de deux breves, comme,

Quel che l'uom' vede amor gli fa invisib l¹.

Ces deux dernieres syllabes ne sont comptées pour rien, & ce vers est de même mesure que le vers héroïque. Il est bon de prévenir qu'en Italien toutes les voyelles s'élident. Ceux qui voudront prendre des notions plus étendues sur cet objet les trouveront dans un Morceau que j'ai fait imprimer dans le Journal Etranger, vol. de Juin 1760, sur le méchanisme des Vers Italiens, Anglois & Allemands. On fera encore mieux de consulter la Poëtique de M. Marmontel, où l'on trouvera les idées les plus fines & les plus ingénieuses sur le méchanisme des vers.

aussi beaucoup plus rares ; elles sont même bannies de la Poësie épique, dans laquelle on peut toujours suppléer *fede* à *fè*, *ardore* à *ardor*, *pietade* à *pietà*. Mais les Poëtes ont senti qu'ils en pourroient tirer un grand parti pour la Poësie lyrique, parce que l'espéce de chûte qu'ils font entendre, & qui leur donne même le nom de *cadente*, est très-propre à terminer la période. Aussi leurs *canzone* ont-elles de tout tems été composées pour la plûpart de deux quatrains terminés par des vers masculins qui riment ensemble, comme,

Grazie à gl'inganni tuoi
Al fin' respiro o nice
Al fin' d'un infelice
Ebber gli Dei pietà.
Sento da lacci tuoi
Sento che l'alma è sciolta
Non sogno questa volta
Non sogno libertà. (27)

Mais une oreille exercée doit sentir

---

(27) Graces à tes mensonges, je respire enfin

qu'autant cette chûte, cette espéce de résonnance dure est propre à terminer une période poëtique & musicale, autant seroit-elle déplacée dans le premier vers que le Musicien est presque toujours obligé d'unir avec le second pour trouver le premier repos de la période. J'en montrerai un exemple dans un de nos airs modernes qui a le plus réussi, & à plus juste titre.

> D'elle-même & sans effort
> Elle va chez ce Milord. *Le Roi & le Fermier.*

Heureusement pour le Musicien qu'il a choisi un mouvement très-lent & une expression telle qu'il lui fût permis de la concentrer dans l'étendue d'un seul vers : car on voit qu'il est obligé de s'arrêter après le premier vers, & qu'il n'a fait

ô Nicia : enfin les Dieux ont pris pitié d'un infortuné. Je sens désormais, je sens que mon ame est dégagée de ses liens, & c'est tout de bon pour cette fois que j'ai recouvré ma liberté.

que répéter le même chant dans le second. Or ce qui n'a pas été un inconvénient dans cette occasion pourroit en devenir un très-considérable dans un air gai ou vif, & il ne faut pas croire que cette espéce de ponctuation musicale soit la même que celle qu'exige le sens des paroles. *D'elle-même & sans effort elle va chez ce Milord*, se dit tout de suite dans la déclamation ordinaire (28), mais se sépare nécessairement dans la Musique, tandis que *Je vais te voir charmante Lise, mes yeux vont rencontrer les tiens*, est séparé dans la déclamation & uni par la phrase du chant. Telle est la force du rythme, tel est le pouvoir de la mélodie, objets intéressans, un peu trop négligés parmi nous. Mais revenons aux paroles d'Apostolo Zeno que nous avons déjà citées & dont nous avons promis de faire

---

(28) Il est bon d'avertir que le mot de déclamation est employé ici pour le langage parlé par opposition avec le chant.

voir les défauts. Le plus frappant de tous, c'est qu'elles contiennent trois phrases lyriques de mesures différentes. On sçait qu'il ne peut entrer que deux motifs dans un air. Il en faudroit trois dans celui-ci; car si vous vous bornez à deux, & que vous compreniez les cinq premiers vers dans le premier motif, vous aurez à y faire entrer une réflexion & la moitié d'une comparaison.

A chi manca amor di rè
Manca tosto ogni altro amor.
Pianta eccelsa intorno spande
Ombra grande
E fa invitto al passager.

Si vous vous renfermez dans les deux premiers vers & que vous rejettiez la comparaison entiere dans la reprise, vous n'aurez qu'un sujet court, stérile & exprimée durement.

Voici encore une occasion où Zeno commet une faute pareille.

Non tanto insuperbire; cresce in gran fiume
Anche quel ruscelletto
E quel torrente altier si rompe in sassi.

Qui ne voit que ce *non tanto insuperbire* est absolument disparate avec le reste de l'air. Il faut donc que le Musicien le mette en déclamation, & ne commence son motif ou sa période qu'au demi-vers *cresce in gran fiume*. Mais alors il ne trouve plus ni mètre ni proportion.

Le plus grand défaut d'Apostolo Zeno est de n'avoir pas suivi le même mètre dans les paroles qu'il a destinées à faire des airs. En effet, si l'on se rappelle ce que nous avons dit sur le motif, sur la période musicale, & sur la proportion des membres de cette période, on sentira que si le Poëte n'a mis aucun ordre, aucune proportion, aucune symétrie dans ses vers, il est impossible que le Musicien s'attache à un motif, sans donner à chaque instant la torture aux paroles. Or, l'ordre le plus naturel & le plus lyrique, c'est l'identité du mètre & la symétrie dans l'agencement des rimes; comme,

La beauté la plus severe
Prend pitié d'un long tourment
Et l'Amant qui persevere
Devient un heureux Amant.
Tout est doux & rien ne coûte
Pour un cœur qu'on veut toucher
L'Onde se fait une route
En s'efforçant d'en chercher
L'eau qui tombe goute à goute
Perce le plus dur rocher. QUINAULT.

Si les vers ne sont de mesure égale, du moins faut-il qu'ils soient de mesure symétrique, comme,

Dieu des ames
Quand tes flâmes
En secret regnent sur nous
Quel martire
Pour détruire
Un enchantement si doux!
On soupire
On veut lire
Dans le cœur de son Amant
Tant de peine
Ne nous mene
Qu'à l'aimer plus tendrement. MONTCRIFF.

Enfin

Enfin qui croiroit qu'il fallut avertir les Poëtes d'employer dans les Poëſies véritablement lyriques le même art dont ils font uſage dans les Poëſies lyriques qui ne ſont pas deſtinées à être chantées ? D'où vient que les ſtances d'une Ode (29) ſont de meſure égale ou ſymétri-

(29) On voit bien que nous ne parlons icî que des Odes modernes. Nous avons dit plus haut que nous ne croyons point que le chant des Odes anciennes fût périodique & phraſé. Nous remarquerons encore que non-ſeulement la plus grande partie des Odes anciennes ne procedoit point par ſtances régulieres, mais que dans celles-mêmes qui ſont aſſujetties à cette forme le Poëte ſe donne ſans ceſſe la liberté d'enjamber d'une ſtance à l'autre. En général on ne ſçauroit trop ſe garder d'aſſimiler notre Muſique à celle des anciens. Celle-ci conſiſtoit beaucoup plus dans le rythme que dans la mélodie. Suivant cette maxime reçue des anciens. *το παν παρα μουσίκοις ο ρυθμος. Le rythme eſt tout pour le Muſicien.* Ce ſont donc les formes du chant moderne que les Poëtes ont imitées dans l'Ode & c'eſt pour cela qu'ils les ont compoſées de ſtances égales.

que ? C'est qu'originairement une Ode est un chant, comme le terme seul l'indique, & que ce n'est qu'à l'aide de ces moyens qu'on peut retrouver quelques traces du rythme & de l'harmonie. Il est bien singulier qu'on s'asservisse à ces régles pour les chansons les plus communes & qu'on les néglige pour les grands airs, comme si un air n'avoit pas son motif comme une chanson, quoique à la vérité plus compliqué & plus susceptible de variété. De-là vient sans doute que les étrangers ne répétent jamais nos airs d'Opéra ni nos airs bachiques, quoiqu'ils aiment nos chansonnettes & même jusqu'à nos Noëls dont on ne tire tant de parti en les variant, que parce qu'on y trouve un motif simple & sensible.

Quand Apostolo Zeno n'auroit pas eu le défaut de mal phraser ses paroles lyriques, on l'auroit encore abandonné en Italie à cause de ses mètres irréguliers. Que pouvoit-on faire de ces vers ?

V'abandono
Selve amate e vado al trono :
Là godrò piu di grandezza
Ma non sò se piu di pace.
Qui non v'è folle alterezza
Non inganno
Sempre attento in altrui danno ;
Qui non astio e non livore
Che ad onore
Sempre insulta, e mai non tace. (30)

On a senti que le retour de ces deux petits vers de même mesure que le premier ne faisoit qu'une variété incommode sans amener aucune cadence sensible qui pût fixer l'oreille. De même un jour parmi nous un compositeur ne permettra pas au Poëte, quelque talent qu'il

(30) Je vais vous quitter forêts chéries, je vais vous quitter pour le trône. Là, je trouverai plus de grandeur, mais peut-être moins de repos. On ne voit point ici l'orgueil insensé, ni le mensonge toujours appliqué à nuire, ni le faste insolent, ni l'envie livide qui insulte au mérite & ne cesse de le persécuter.

puisse avoir d'ailleurs, de lui donner des paroles semblables à celles-ci :

> Sans chien & sans houlette
> J'aimerois mieux garder cent moutons près d'un bled
> Qu'une fillette
> Dont le cœur a parlé.

Si l'on reprochoit au Musicien un peu d'incohérence dans son air, si on lui faisoit observer que son commencement est vague & inconséquent & qu'il coupe une phrase par le milieu pour prendre un motif absolument étranger à son début, il montreroit que de ces quatre vers il y en a un Alexandrin, un de six syllabes & deux de quatre ; il rejetteroit le tout sur le Poëte & il auroit raison.

Consultons à présent le célébre Metastasio ; j'ouvre au hasard un volume de ses œuvres, & j'y trouve l'exemple d'un rythme si agréable & si ressenti qu'il suffit seul pour fournir un motif au Musicien. Un de ses personnages, après s'être plaint de la légéreté du ſexe, lui adreſſe ces paroles charmantes :

L'onda che mormora
Tra ſponda e ſponda
L'aura che tremola
Tra fronda e fronda,
È meno inſtabile
Del veſtro cor.
Pur l'alme ſimplici
Dei ſ lli amanti
Sol voi ſpargono
Soſpiri e pianti
E da voi ſperano
Fede in amor. (31)

Il n'eſt point d'oreille délicate qui ſoit inſenſible à la cadence délicieuſe que produit le retour ſymétrique de ces ïambes & de ces dactiles. Comment ne pas faire

(31) L'onde qui murmure entre ſes rives, le zephire qui s'agite au milieu du feuillage ſont moins inconſtans que votre cœur. Et toutefois les crédules ames des Amans inſenſés prodiguent pour vous ſeules les ſoupirs & les larmes & ſe flattent encor de trouver en vous quelque fidélité. On voit dans cet air des exemples des trois ca-

de la Musique charmante sur de semblables paroles, & comment d'un autre côté parodier des vers françois sur cette Musique ? M. Rousseau avoit bien raison d'inviter les jeunes Musiciens François à aller en Italie. Qu'ils lisent Metastasio,

---

dences dont nous avons parlé. La mesure de ces vers est de cinq syllabes, c'est-à-dire que c'est la même que celle de notre vers nain de quatre syllabes que M. Bernard a employé avec tant de succès dans cette petite piéce qui commence par ces vers :

> Rien n'est si beau
> Que mon hameau.

Pour mieux faire juger de l'exemple que nous venons de citer nous allons en marquer la cadence.

> L'ōndă chĕ mōrmŏră
> Tră spōnda ĕ spōndă
> L'āură chĕ trēmŏlă
> Tră frōnda ĕ frōndă
> Ĕ mēnŏ instābĭlĕ
> Dĕl vōstrŏ cōr.
> Pŭr l'ālmĕ sēmplĭcī
> Dĕi fōlli ămāntī

qu'ils ſe rendent ſa langue familiere, qu'ils écoutent enſuite la Muſique de Haſſe & de Pergoleze & qu'ils jettent au feu cet écrit, car alors ils n'en auront que faire.

Voyez encore quel nombre, quelle proportion dans ces paroles touchantes :

Se tutti mali miei
Io ti poteſſi dir,
Divider ti farei
Per tenerezza il cor.

Sŏl pĕr vōi ſpārgŏnŏ
Sŏſpīri ĕ pīantĭ
Ĕ dă vōi ſpērănŏ
Fēdĕ in ămōr.

On voit que ſuivant les régles de la Poëſie Italienne tout ces vers ſont du même rythme, quoiqu'en les ſcandant il paroiſſe que les impairs ont un tems de plus que les autres. Mais on peut les rendre égaux, ſoit en ſuppoſant que les deux breves qui terminent le vers *ſdrucciolo* ne valent qu'un tems à elles deux, ſoit qu'on ſuppoſe qu'il y ait un tems de repos de plus entre le vers ïambique & le dactilique qu'entre le dactilique &

In questo amaro passo
Sè giusto è il mio martir
Che se tu fossi un sasso
Ne piangeresti amor. (32)

N'entendez-vous pas le Poëte qui dit, » cette phrase est pour la premiere par- » tie de l'air, celle-ci pour la seconde? » J'ai destiné ces deux premiers vers au » premier membre de la période musi- » cale, j'aurai soin d'y assortir ceux qui » doivent former le second. Je fais ma » tâche en donnant au Musicien les élé- » mens de son motif, mais le champ » qu'il parcourt est plus vaste que le » mien; j'aurai donc soin de lui laisser » les moyens de le varier, de l'orner à

---

l'ïambique. On voit encore mieux la *nécessité* de ces suppositions dans les deux vers *cadenti* dont le premier laisse deux tems en suspens & le second un seulement.

(32) Ah! s'il m'étoit permis de m'expliquer, le récit de mes maux vous déchireroit le cœur. Dans ce moment affreux ma douleur est si légitime, qu'un rocher même en seroit attendri.

» son gré. Si je lui donnois de grands » vers & une idée trop étendue, il seroit » obligé de me suivre de trop près; je » lui donnerois mes dimensions au lieu » de lui fournir mes desseins. Je veux » que le cadre que je lui présente fixe » ses idées sans les contraindre : je veux » que mes périodes soient faciles & cour- » tes. Si j'ai envie que Didon en ou- » vrant la scene chante trois vers seule- » ment en forme de *cavatine* (33) j'au- » rai soin de les couper, de les diviser » dans leurs césures, comme,

Va crescendo il mio tormento
Io lo sento e non l'intendo
Giusti Dei! che mai sarà.

Dont le Musicien peut faire,

Va crescendo
Il mio tormento
Io lo sento
E non l'intendo,
Giusti Dei! che mai sarà.

---

(33) On appelle communement *cavattina* un air sans reprise & sans ritournelle.

Nous n'en dirons pas davantage ; c'est assez de faire sentir par des exemples l'artifice admirable de cet Auteur célébre, sans nous flatter de le démontrer par de stériles raisonnemens.

De tous les compositeurs modernes, M. Duni est celui qui paroît avoir le plus exigé des Poëtes en conséquence des principes que nous avons établis. Aussi les étrangers distinguent-ils dans sa Musique un goût de terroir, un certain atticisme qui décele un Auteur nourri des alimens les plus purs & élevé parmi les véritables modéles. On remarque assez généralement dans ses Ouvrages l'attention qu'il donne à l'unité de ses motifs & à la régularité du rythme & de la prosodie. Tout le monde connoît les airs, *Je suis un pauvre misérable*, *Maudit amour*, &c. dans la derniere Piéce qu'il a donnée, il y en a plusieurs qui peuvent servir d'exemple, entr'autres celui-ci :

Cher objet de ma tendresse
Si tu cherches le bonheur

Pourquoi donc le fuir sans cesse ?
Viens le chercher dans mon cœur,
Ma rivale a sçu te plaire
Ses attraits te font la loi,
Mais est-elle aussi sincere,
T'aime-t-elle autant que moi ?
Cher objet &c.

Ces paroles, par la simplicité de la pensée, par la régularité de la période & l'égalité du mètre, sont préférables pour le Musicien à tout ce que l'esprit peut trouver de plus subtil & de plus ingénieux.

Que les Poëtes qui travaillent maintenant pour le Théatre Italien, & surtout (34) celui qui paroît avoir réuni les suffrages du Public en lui préparant des tableaux charmans, soit par le comique de situation, soit par la naïveté des mœurs, que ces Auteurs, dis-je, arrangent eux-mêmes leurs plans, leurs scenes, leurs dialogues; mais qu'ils consultent un peu plus le

(34) L'Auteur du Roi & du Fermier, de Rose & Colas, &c.

Musicien sur les paroles destinées à être mises en Musique ; qu'ils se rendent justice sur le défaut inhérent au mêlange du chant & de la déclamation ; qu'ils sentent que le passage de cette déclamation à la Musique ne peut être sauvé que par un accroissement dans l'intérêt ou dans la passion qui semble appeller de lui-même une expression nouvelle & plus exagérée ; qu'ils se gardent de placer des airs dans les situations froides & de les employer dans le milieu du dialogue avant que la scene soit suffisamment échauffée ; enfin qu'ils se défient de l'abus de la Musique & de la quantité d'airs dont ils surchargent leurs Piéces. Alors j'oserai promettre des succès plus brillans encore aux trois Compositeurs célébres qui jouissent déjà des applaudissemens du Public.

Maintenant si l'on veut se rappeller ce que nous avons exposé dans cet Ecrit, il sera aisé de terminer toute dispute sur le Théatre lyrique. Les Poëtes se plaignoient qu'il n'y avoit plus de Musiciens, les Musiciens qu'il n'y avoit plus de Poëtes, les uns & les autres que le goût du Public étoit changé, & ce n'étoit pas sans raison. On vouloit d'un côté rapprocher l'Opéra de la vraisemblance, le priver de ses Dieux & de ses machines pour leur substituer les mêmes formes, les mêmes procédés que la Tragédie met en usage. De l'autre on faisoit du merveilleux une loi indispensable, & l'on alloit même jusqu'à réduire l'Opéra à une espéce de lanterne magique. Quant à moi, il me semble que sans embrasser aucune de ces opinions, il doit suffire à l'Opéra François de conserver l'avantage qu'il a sur l'Opéra Italien de présenter des spectacles & des ballets tellement liés au sujet que ne se bornant pas à l'orner & à l'enrichir, ils aident encore à sa marche & à son développement. Que le sujet soit fabuleux ou historique, il n'importe; mais ce qui importe infiniment, c'est que toutes les situations intéressantes, que toutes les expressions pathétiques, que toutes les images terribles ou agréables soient regardées par le Poëte comme le véritable domaine de la Musique. Il faut surtout qu'ils évitent à la fois & de la reléguer dans les divertissemens & de la prostituer à ces airs subalternes, à ces insipides rondeaux dont ils se croyent obligés de couper la scene; car alors c'est gâter la déclamation sans faire de la Musique. Qu'un dialogue facile & rapide développe tous les sentimens, prépare toutes les situations; mais que de ces sentimens & de ces situations, il résulte une image, une pensée simple que vous exprimerez par des paroles harmonieuses & dans un mètre égal ou symétrique. Vous verrez, qu'en suivant ce principe, vos airs se placeront tout naturellement à la fin de vos scenes. Cependant il peut arriver que dans le cours du dialogue il se trouve quelque idée grande & forte, quelque réplique vive & énergique qui puisse emprunter le secours de la Musique. Alors on aura soin d'en préparer le mètre, & surtout d'avertir le Musicien que cette place ne comporte point de ritournelle, ni de second motif dans la reprise. Ce sera dans les monologues & dans les situations tranquilles que vous lui fournirez de ces airs à longs préludes, de ces reprises de mouvement & de caractere opposé à la premiere partie, enfin de ces morceaux achevés où le Compositeur peut développer toutes les puissances de son art. Mais gardons-nous surtout de négliger, à l'exemple de nos Auteurs, le genre le plus fécond pour l'Opéra en ce qu'il réunit l'action, le jeu & la Musique : je parle des *duo* pathétiques. Il est impossible qu'une Piéce ne présente pas deux Amans déchirés par une aveugle jalousie, ou désespérés de se séparer ; une mere & une fille éplorée, gémissant du sacrifice que l'une a imposée & que l'autre a promis ; une Famille infortunée, prête à perdre son appui & sa consolation. Si trois ou quatre interlocuteurs peuvent entrer dans la même situation, vous produirez un des plus grands effets qu'on puisse tirer du Théatre, & vous ferez même répandre encore des larmes toutes les fois que quelques Amateurs s'assembleront autour d'un Clavecin pour exécuter votre ouvrage. Songez surtout que ce n'est jamais pour bien dire que vous amenez vos personnages sur le théatre. La Musique ne sçait rien faire de l'esprit; il lui faut des images & des passions. Il n'est point de représentations dramatiques qui n'exige une peinture véritable des passions. Une grande douleur ne s'exprime point par des phrases & des périodes suivies. Ses idées sont vagues & incohérentes, ses transitions rapides & inattendues. Telle doit paroître la passion sur tous les Théatres, & même dans la Poësie épique. Mais s'il est un genre où ce principe doive être pris à la lettre, c'est dans le genre lyrique; car alors la Musique se charge de vous exprimer toutes les nüances de nos sentimens. Passe-t-on de la joie à la tristesse, de l'espérance au désespoir, de la haine à la tendresse, l'orchestre animé emprunte la voix des passions; il dévoile à l'auditeur leur marche indéterminée, il les suit dans leur égarement, & ses sons touchans, mais inarticulés, sont le seul langage qui puisse les faire comprendre. Voilà ce qui a fait dire à des gens d'esprit & de goût que la Musique exigeoit des réticences, & que lorsque le Poëte avoit tout dit, le Musicien n'avoit plus rien à dire. D'autres personnes éclairées ont combattu ce principe; mais je crois qu'ils seroient d'accord entre eux, s'ils l'avoient appliqué seulement au récit accompagné ou obligé, comme l'appellent les Italiens. Il semble que le défaut général de nos Auteurs est d'avoir trop d'esprit, de vouloir être trop méthodiques, & trop conséquens. Les Poëtes ont voulu trop lier, trop arranger l'expression des passions: les Musiciens sont tombés dans le même abus en voulant trop lier, trop préparer leurs modulations. Il ne faut pour s'en convaincre que comparer au hasard une scene françoise & une scene italienne. Comme, par exemple, le monologue d'Armide avec celui qui commence par ces mots, *Berenice che fai?* J'ai déja cité celui d'Amadis, j'en pourrois citer bien d'autres. On vient tout récemment de donner Tancrede. Il me semble qu'on s'est assez généralement contenté de s'y ennuyer sans se donner la peine d'en chercher la raison. Mais qui ne seroit glacé de voir les Adieux de Clorinde & de Tancrede terminés par cette froide réflexion mise en *duo*,

Gloire inhumaine, hélas! que tu troubles nos cœurs!
L'amour nous présentoit ses plus aimables chaînes
Nous quittons pour toi ses douceurs
Nous allons nous livrer à d'éternelles peines:
Gloire inhumaine, hélas! que tu troubles nos cœurs!

Et suivis de ce monologue plus froid encore,

> Etes-vous satisfaits devoir Gloire cruelle ?
> Je vais vous immoler ma vie & mon amour.

Si Métastase & Hasse s'étoient emparés de cette situation, quel parti n'en auroient-ils pas tiré ? Combien de larmes ne vous auroient-ils pas fait répandre par les combats que l'Amour & la Gloire se seroient livrés dans le cœur de ces deux Amans ? Ils se seroient cent fois ordonné mutuellement de partir, & cent fois ils se seroient rejoints. Leurs gémissemens se seroient tantôt succédés, tantôt interrompus, jusqu'à ce que leur douleur s'exhalât enfin par les mêmes plaintes & les mêmes exclamations. Quelle terreur n'auroit pas ensuite agité Clorinde lorsqu'elle seroit restée seule après le départ de son Amant ? Elle auroit cru le voir se précipiter dans le danger, se dévouer à la mort, recevoir le coup fatal & expirer en prononçant son nom.

Alors elle l'eut appellé à grands cris, elle eut condamné sa rigueur, & juré de suivre son Amant au tombeau. Qu'est-ce encore que cette Herminie, cette Princesse aimable que le Tasse nous peint avec tant de graces, soit que contemplant les armes de Clorinde, elle envie à cette guerriere la force & le courage qui la mettent au-dessus de l'esclavage ordinaire à son sexe; soit que revêtue de ces mêmes armes dont le poids l'accable sans la proteger, elle s'expose aux horreurs de la guerre, & qu'épouvantée au premier péril qu'elle rencontre, elle traverse, en fuyant, les vastes forêts pour trouver enfin un asyle dans la cabane d'un vieux Pasteur...... Cette même Herminie si touchante, si intéressante par son contraste avec Clorinde, Argant, Ismenor & tous les autres personnages de cette fable, ne paroît parmi eux dans la forêt enchantée que pour parler à ses yeux, & leur dire qu'ils s'occupent à pleurer, puisqu'ils ne peuvent réussir à plaire..... Quand abandonnerons-nous cette mauvaise habitude de rapetisser les sentimens & les caracteres pour leur donner, dit-on, une forme lyrique ? Quand abandonnerons-nous un goût moderne non moins dangereux ; c'est de ne faire de nos drames lyriques que des espéces de cannevas où l'on court toujours après le ballet & la décoration, laissant de côté les sentimens & les situations ? Nos Auteurs ne devroient-ils pas voir avec plaisir que les grands progrès de la Musique & les effets qu'on en peut tirer peuvent faire réussir un Poëte, quand même il n'auroit pas le talent de Quinault. Qu'une déclamation simple & facile leur donne le tems de développer les caracteres & d'amener les situations ; qu'une déclamation plus exagerée & secourue de toutes les puissances de la Musique leur serve à peindre le trouble & l'agitation, enfin que l'air périodique devienne l'interpréte des plus belles images & des sentimens les plus touchans. Qu'on ajoute encore à cette méthode le soin d'amener les Ballets & de les animer en les faisant concourir au sujet; qu'on en modére le nombre & qu'on ne se croie plus obligé à en donner un par Acte, mais qu'on y mette plus d'intention & de magnificence; alors les François dont le goût est si délicat & la critique si fine pourront se vanter d'avoir perfectionné le genre le plus fécond, & de s'être procuré le plus beau de tous les Spectacles.

FIN.

www.ingramcontent.com/pod-product-compliance
Ingram Content Group UK Ltd.
Pitfield, Milton Keynes, MK11 3LW, UK
UKHW021110260726
13994UKWH00002B/819